Discours sur l'état de l'Union

Philippe Zaouati

Discours sur l'état de l'Union

FICTION

Le Métier
Des Mots

À Elina, Jérémy, Sacha, Raphaël,
Lucia, Alba et aux générations futures.

« Ce qu'ils craignent est toutefois moins la fin du monde que la fin de *leur* monde… »

EVAN OSNOS

C'est un baptême et, comme tout baptême, c'est un rite de passage dans la violence et la souffrance. C'est la première fois qu'elle assiste à un discours sur l'état de l'Union. Destiny est assise au cinquième rang, dans la travée de droite qui fait face à l'imposante tribune à trois niveaux derrière laquelle est suspendu le drapeau américain : en haut, à gauche, les étoiles, et, en descendant vers la tribune, les longues lignes rouges. Elle est fière de se trouver là. Les électeurs californiens l'ont envoyée au Sénat à la surprise générale, il y a tout juste un an, probablement avec l'espoir qu'elle soit un antidote contre un Président dont ils ne voulaient pas et qui s'apprêtait à triompher dans la plupart des autres États, du Vieux Sud jusqu'aux États industriels du Nord, y compris dans certains bastions démocrates de la Nouvelle-Angleterre. C'était au mois de novembre, un an plus tôt, les feux ravageaient ce qu'il restait de forêt au nord de San Francisco après un nouvel été dévastateur. Des centaines de maisons avaient brûlé, les écoles de la région avaient fermé leurs portes pendant près de deux semaines. Le bilan humain était terrible. Quarante-sept jeunes soldats du feu avaient péri dans cet immense brasier.

La campagne électorale avait tourné autour de la crise climatique qui devenait existentielle. La déprime qui s'abattait sur l'Amérique semblait encore plus forte en Californie et sur l'ensemble de la côte ouest, sans doute parce que c'est là que le mythe d'une solution fondée sur l'intelligence et la sensibilité humaines y avait été la plus vivace. La Californie tombait de plus haut que les autres. Les belles images hollywoodiennes, la mobilisation acharnée de stars aux allures christiques, l'argent illimité des multinationales du numérique et les innovations technologiques de la Silicon Valley, incapables de dévier le climat de sa trajectoire devenue folle, n'étaient plus qu'un amas d'impuissances, de vanités et de défaites. Les collapsologues se vantaient d'avoir vu juste, ce qui ne leur garantissait au mieux que la gloire éphémère des prophètes de malheur. La plupart d'entre eux n'avaient pas agi davantage que ceux qui déniaient le changement climatique. L'Histoire jugera de la même façon les uns et les autres. Certains de ces soi-disant visionnaires tentèrent de faire de la confirmation de leurs prévisions le tremplin pour une carrière politique. C'était le cas du principal adversaire de Destiny pour le siège de sénateur, un avocat des causes perdues, écologiste de la première heure, végétarien, figure locale du combat pour le bien-être animal, qui, après avoir prêché dans le vide pendant des années, cherchait à recueillir pour ses vieux jours les bénéfices de ses prémonitions.

L'histoire de Destiny était jusqu'alors plutôt banale. Son père, ingénieur en informatique, dernier rejeton d'une famille juive progressiste de Philadelphie, avait été le seul parmi une fratrie de quatre garçons à avoir préféré les charmes de la révolution digitale aux lumières déjà blafardes de Wall Street. Sa mère, scénariste de séries télévisées à succès, était d'origine mexicaine : ses parents avaient franchi la frontière clandestinement tout juste avant sa naissance. Destiny, née le 2 juin 1994 à Palo Alto, diplômée de la Harvard Business School, commença sa carrière, comme la plupart des jeunes gens brillants de sa génération, dans une start-up naviguant entre la vie réelle et les mirages du numérique. L'avènement d'un monde meilleur ne faisait pas partie de ses objectifs, elle rêvait simplement à une vie heureuse. Le bonheur à tout prix. C'était encore un horizon possible en 2020. Une famille idéale, deux enfants, un chien, un épanouissement par le travail, une belle maison sur les hauteurs de San Jose, avec comme unique angoisse qu'un jour la faille de San Andreas se réveille et engloutisse ce petit coin de paradis. Dix ans plus tard, elle avait tout obtenu : amour, pouvoir, argent, reconnaissance. Seuls manquaient les enfants, elle n'avait pas eu le courage. Pendant ce temps, le destin avançait masqué, il avait pour elle d'autres ambitions qu'un cliché de la réussite américaine. Cinq ans auparavant, elle avait pris la direction d'une autre start-up, une entreprise super innovante qui avait développé un système sophistiqué de prévention des feux de forêt. La combinaison de capteurs installés sur le terrain, d'un système de surveillance par drones et par satellites et de l'intelligence artificielle permettait d'anticiper le déclenchement des feux, de simuler leur propagation avec plusieurs heures d'avance et de mettre en œuvre les stratégies de lutte les plus efficaces. Lorsqu'elle prend les rênes de l'entreprise, ce n'est qu'un bureau d'études d'une dizaine de personnes. En quelques années, Destiny en fait une machine opérationnelle extrêmement profitable, avec des filiales au Brésil, en Australie et en Russie. Elle s'offre les services des meilleurs ingénieurs et développeurs, elle boucle successivement deux levées de fonds auprès d'investisseurs qui recherchent un impact environnemental au-delà du seul profit financier. La maîtrise de la succession d'incendies qui se déclarent en Alaska en 2026 propulse son entreprise à la une des journaux télévisés. *Time Magazine* la cite dans sa liste des cinquante personnalités à suivre. Elle est reçue à la Maison-Blanche par la Présidente. Les multinationales californiennes et chinoises lui font des propositions de rachat de ses actions à des prix indécents. Elle refuse avec panache. Elle veut rester libre. Ses amis la poussent alors à se lancer dans la bataille sénatoriale. C'est la carrière politique qui l'embrasse plutôt que l'inverse.

C'est la première fois que Destiny assiste à un discours sur l'état de l'Union et pourtant elle a comme une impression de déjà-vu. Le cérémonial est immuable depuis plus d'un siècle. C'est en 1913 que Woodrow Wilson décide de rétablir cette adresse annuelle à la Nation, que le grand Thomas Jefferson trouvait vulgaire, trop similaire à son goût au discours du Trône de l'ancienne colonie britannique. Soudain, le silence s'impose. Le Sergeant at Arms annonce avec une voix exagérément solennelle l'arrivée du président des États-Unis. L'assemblée se dresse comme un seul homme, image d'une unité fantasmée. Nous sommes le peuple, semblent clamer les 535 membres du Congrès, sénateurs et représentants réunis pour l'occasion.

Le Président entre dans la salle par une porte dérobée, sur la gauche de l'hémicycle, il serre quelques mains au passage, puis il lance un regard circulaire pour jauger l'assistance. Est-elle amicale ou hostile, attentive ou indifférente ? C'est la seule fois de l'année où il lui est permis de pénétrer dans l'enceinte du Congrès sans autorisation préalable, séparation des pouvoirs oblige. Pour lui aussi c'est un baptême du feu, son premier discours sur l'état de l'Union. Il sait l'importance de ce moment. Il s'y est préparé comme un sportif de haut niveau. Il se dirige lentement vers le pupitre central. Au-dessus de lui, la speakerine surplombe la salle et lui jette un regard légèrement condescendant. Destiny l'a dans sa ligne de mire, elle cherche le contact direct, les yeux dans les yeux.

Comme chaque année, le discours du Président est diffusé en direct à la télévision. On prévoit une audience exceptionnelle. Les chaînes nationales ont battu le record de vente de spots publicitaires pour un tel événement, à peine en retrait du dernier Super Bowl. Leur demande d'insérer une pause au milieu du discours afin d'augmenter leurs recettes a été rejetée par la Maison-Blanche.

Le Président s'offre un moment de silence. L'homme est impressionnant. Il incarne à merveille l'image immuable du pionnier, le migrant conquérant, vigoureux, venu d'au-delà l'océan pour réaliser son destin, dominer ces territoires vierges et inhospitaliers. Son mètre quatre-vingt-dix, ses épaules larges et puissantes, son visage qu'on dirait sculpté dans un bloc de granit, ses yeux bleu pétrole qui jaillissent au milieu d'une pilosité envahissante. Tout dans ce corps symbolise le pouvoir.

Son élection fut en quelque sorte un retour aux sources de l'Amérique. Trois de ses prédécesseurs avaient marqué, chacun à leur manière, des tournants sociologiques majeurs. Barack Obama fut le premier Président noir. Donald Trump fut le premier Président populiste, ouvertement antilibéral et raciste, déconnecté du système politique bipartisan qui structurait la politique américaine depuis deux siècles. Enfin, C. avait été la première femme à pénétrer, en tant que locataire, dans le bureau ovale de la Maison-Blanche. Entretemps, le mandat de Joe Biden apparaissait comme un intermède peu consistant. L'Histoire l'avait déjà oublié.

Ces cinq mandats avaient fonctionné comme un lent mouvement de balancier, un aller-retour indécis de l'Amérique entre une ouverture confiante au monde et un renfermement paranoïaque. Nous en étions là, suspendus entre ces deux tentations traditionnelles de la politique américaine depuis le début du XXe siècle. La première année d'exercice du nouveau Président n'avait pas fourni d'indices suffisamment précis pour comprendre la trajectoire qu'il entendait donner à son mandat. Des signes contradictoires, des déclarations vagues, des rapprochements géopolitiques surprenants. Poursuivrait-il la politique coopérative de la flamboyante avocate ou reviendrait-il à la rhétorique nationaliste étriquée de l'un de ses prédécesseurs ? Personne ne se risquait à la prédiction.

Personne, à l'exception de Destiny. Elle avait pris l'habitude d'envisager le pire et de se persuader qu'il serait toujours bien en deçà de la réalité. Ce matin, elle avait emprunté le métro jusqu'à la station Capitol South, puis elle avait gravi la colline à pied. La neige avait presque entièrement fondu, il en restait quelques traces çà et là, sur les trottoirs, sur les toits. Lorsqu'elle siégeait à Washington, elle logeait chez une amie qui lui mettait une chambre à disposition dans sa grande maison en briques rouges de Georgetown. Elle aussi était une ancienne de Harvard qui travaillait dans un cabinet de lobbyistes. Un mal nécessaire, disait-elle avant même qu'on lui pose la question. Destiny avait les moyens de louer un appartement confortable dans le centre-ville, mais elle voulait de la compagnie. Elles ne parlaient jamais de politique, sans doute parce que toutes deux savaient que les temps s'assombrissaient. Inutile d'être devin, il suffisait d'ouvrir les yeux, le pire était là, ici et maintenant.

* * *

Madame la speakerine,
Mesdames et messieurs les membres du Congrès des États-Unis,
Chers compatriotes,

C'est avec dans le cœur une grande fierté et sur mes épaules un poids immense que je m'adresse à vous aujourd'hui. Depuis le premier discours sur l'état de l'Union, prononcé par George Washington, le 8 janvier 1790, il est d'usage que le Président vienne devant la représentation de la Nation pour y exposer le bilan de son action et y tracer les perspectives pour l'année à venir.

Dans notre Histoire, ce discours solennel a été l'occasion d'inflexions stratégiques majeures et d'annonces marquantes pour notre Union. Je pense à la doctrine Monroe, à l'entrée en guerre des États-Unis en 1917, au célèbre discours de George W. Bush partant à l'assaut de « l'axe du mal » après les attentats du 11 septembre 2001. Nous conservons intacte la mémoire du message annuel du Président Abraham Lincoln, le 1er décembre 1862, qui confirmait l'émancipation des esclaves des États du Sud en déclarant : « Nous ne pouvons échapper à l'Histoire. » C'est néanmoins le discours du 6 janvier 1941 de Franklin D. Roosevelt qui résonne aujourd'hui dans mon esprit au moment de m'adresser à la Nation. Alors que la guerre plongeait l'Europe et bientôt l'Asie dans le chaos, que la plus grande entreprise antihumaine de l'Histoire étendait son emprise et sa haine, que la liberté était menacée dans ses principes mêmes, l'Amérique hésitait, persuadée que ses frontières la protégeaient des grondements du monde. Franklin D. Roosevelt, convaincu de la nécessité d'agir, était venu expliquer devant le Congrès pourquoi l'Amérique devait se lever : « Dans l'avenir que nous cherchons à rendre sûr, nous attendons avec impatience un monde fondé sur les quatre libertés humaines essentielles », la liberté d'expression, la liberté de religion, la liberté de vivre à l'abri du besoin et la liberté de vivre à l'abri de la peur. Jamais un discours n'a été aussi contemporain, aussi moderne. Le danger qui menaçait le monde en 1941 était la fin de la liberté d'expression et l'anéantissement d'un peuple à cause de sa religion. Celui qui nous guette aujourd'hui est plus prosaïque, il s'attaque de front aux deux dernières des libertés évoquées par le Président Roosevelt. Notre génération et celles qui suivront vivront-elles à l'abri du besoin et de la peur ?

Mais avant d'évoquer les menaces qui rendent notre avenir incertain, je voudrais commencer par une confession. Lorsque ma carrière a débuté, à la fin du siècle dernier, dans une grande entreprise chimique spécialisée dans les pesticides et les semences génétiquement modifiées, mon responsable hiérarchique m'avait demandé après quelques semaines de lui faire un rapport d'étonnement. Je vais donc vous livrer celui d'un président des États-Unis. Il tient en une phrase : rien ne vous prépare à assumer cette tâche.

Depuis un an, je suis entré dans le corps de l'Amérique. J'y ai découvert le métabolisme de notre pays, le sang et les humeurs qui irriguent sa terre, les nerfs et les muscles qui font avancer ses citoyens et ses entreprises, les connexions des neurones de ses services secrets, et même certains mystères qu'aucune expérience biologique ne peut expliquer. Oui, d'une certaine façon, j'ai touché à l'âme des États-Unis. Cette étincelle collective, cette spiritualité ambigüe qui tient maladroitement en équilibre sur le fil acéré de l'Histoire. En m'adressant à vous aujourd'hui, je pense à notre immense auteur Philip Roth, disparu il y a seize ans. Dans son *Complot contre l'Amérique*, il imaginait que Charles Lindbergh avait battu Roosevelt lors des élections de 1941 et que, devenu président des États-Unis, il s'était empressé de signer un pacte de non-agression avec le régime nazi. Le discours du 6 janvier 1941 aurait pris une autre tournure. Celui du repli sur soi, celui du refus de prendre part au conflit qui ravageait l'Europe, celui de l'antisémitisme et de la haine. Le risque de basculer du mauvais côté de l'Histoire est toujours possible. Je ressens aujourd'hui ce vertige. Rien ne m'y avait préparé. Surtout, rien ne m'avait préparé à être le commandant en chef d'une armée qui se bat contre un ennemi invisible.

Je vous dois une description de l'état de notre Nation. Elle est paradoxale. Alors que l'atmosphère de la planète poursuit sa lente dérive vers un point de non-retour, les États-Unis ne se portent pas si mal. Je pourrais vous dresser le portrait d'un pays qui fait front dans des conditions hostiles, un pays qui fait preuve d'une résilience surprenante. Il suffirait d'énumérer quelques chiffres, comme le font ces économistes qui racontent le passé à défaut de prévoir le futur. Le taux de croissance du PIB a dépassé les 3 % en 2033, signant une troisième année de rebond après la récession cyclique de la fin des années 2020. Le chômage a poursuivi sa baisse et retrouvé son étiage minimum. Les marchés financiers se portent comme un charme, malgré la faillite prévisible de plusieurs secteurs de l'économie carbonée. Les investissements dans la recherche et le développement volent chaque année de record en record, portés par l'arrivée à maturité de l'intelligence artificielle, des métavers, du véhicule autonome et des biotechnologies réparatrices. La réussite des premières expériences d'implants numériques dans un cerveau humain a déclenché un espoir immense pour le traitement de plusieurs maladies dégénératives. C'est aux États-Unis que cette prouesse a été réalisée. Une nouvelle fois, les prophètes du déclin de l'Amérique se sont trompés. Malgré la concurrence accrue de la Chine, nous demeurons la première puissance mondiale. Ces quinze dernières années, la moitié des prix Nobel ont été attribués à des Américains, nos athlètes ont remporté plus de victoires que ceux de n'importe quel autre pays, nos entreprises maîtrisent les technologies les plus prometteuses, la conquête de la planète Mars donne un rêve et une perspective aux jeunes générations. Et pourtant, je sais, vous savez toutes et tous, mesdames et messieurs les membres du Congrès, nous savons, chers compatriotes américains, que cela ne constitue que le voile de la vérité.

J'ai le devoir de le déchirer et de vous décrire la réalité de l'état de l'Union : elle est alarmante.

Hier soir, je donnais un dîner à la Maison-Blanche en l'honneur de la Première ministre suédoise, Greta Thunberg. En portant nos toasts, nous nous souvenions de notre rencontre, il y a un peu plus de quinze ans, dans les couloirs de la COP24, à Katowice. Elle avait à peine 16 ans et avait fait sensation en exhortant les dirigeants et les chefs d'entreprise à agir pour que sa génération puisse vivre sur une planète habitable. Beaucoup de politiciens critiquaient alors son discours alarmiste et son arrogance. Comment une adolescente se permettait-elle de donner la leçon à des ministres et des présidents ? Elle a rejoint aujourd'hui le camp de ceux qu'on appelle les décideurs. A-t-elle pour autant trouvé la solution au dérèglement climatique ? Malheureusement pas. Son pays est un exemple de sobriété célébré par toutes les bonnes consciences écologistes, un pays tout proche d'atteindre la neutralité carbone, en avance de dix ans sur les prévisions, un pays où la vente de véhicules à essence est interdite depuis trois ans, où toutes les centrales thermiques ont été fermées, un pays dans lequel le recyclage est devenu une filière industrielle majeure. Quel bénéfice les Suédois en tirent-ils, au-delà du respect de la communauté internationale ? Pratiquement aucun. La Suède est un pays de dix millions d'habitants, ce qui représente à peine plus d'un humain sur mille. L'impact de la vertu suédoise sur la trajectoire climatique est infime. Cela n'est évidemment pas une raison pour critiquer le volontarisme de ce pays. La sagesse et le courage sont les marqueurs des leaders, et Greta Thunberg est une grande dirigeante. Est-ce pour autant la voie que nous devons choisir : agir pour nous-mêmes et espérer en retour la bonne volonté des autres communautés ? La Suède n'a sans doute pas d'alternative à ce pari pascalien. Nous, Américains, en avons une, et c'est vers elle que je veux aujourd'hui engager notre Union.

Déchirons donc ce voile de la réalité. Derrière les apparences intactes de la prospérité, nous vivons dans un monde qui tangente l'effondrement. Le célèbre essai de Jared Diamond, *Effondrement*, a été publié il y a presque trente ans. Des Mayas aux Vikings du Groenland, en passant par les habitants de l'île de Pâques, il expliquait que la chute brutale d'une civilisation était possible, souvent la conséquence d'une surexploitation des ressources naturelles. Prenant l'exemple du Montana, un des États de l'Union qui nous paraît le plus préservé, il montrait que les dérèglements des interactions entre les sociétés humaines et leur environnement étaient déjà une réalité. Ils sont maintenant une évidence. Pour s'en convaincre, il suffit d'énumérer les principales catastrophes qui nous ont frappés ces deux dernières années. Vous les avez en mémoire. Pas un des territoires dont vous êtes, mesdames et messieurs, les représentants sur cette colline de Washington qui n'ait été touché plus ou moins durement. En ce jour de janvier 2034, il s'agit du trait le plus marquant de l'état de l'Union.

Est-il utile que je revienne sur les incendies incontrôlables qui ont ravagé la Californie, l'Oregon et le sud de l'État de

Washington pendant plusieurs mois ? Plus de 3 000 km^2 de forêt ont été réduits en cendres lors du feu le plus meurtrier depuis le terrible Camp Fire de 2018 qui avait rasé la ville de Paradise. Trois ouragans de catégorie 3 et plus se sont abattus sur les côtes de Louisiane, de Floride et de Virginie. Il s'avère de plus en plus difficile de parler de saison des ouragans tant ces événements deviennent fréquents et imprévisibles. Cinquante mille personnes ont été déplacées vers l'intérieur des terres pendant l'état d'urgence. L'île de Tangier est totalement recouverte par les eaux depuis le début du mois de novembre. Les autorités de la Virginie ont dû se résoudre à évacuer les habitants, avec peu d'espoir d'une réinstallation prochaine. Les récoltes de céréales ont particulièrement souffert des pluies incessantes qui se sont abattues sur le Midwest au printemps dernier. Les baisses de rendement ont dépassé les 20 % pour le maïs et les 10 % pour le blé. La volatilité du prix des céréales sur la Bourse de Chicago s'est accrue de moitié depuis le début de la décennie. Jamais les conditions d'ensemencement n'avaient été si mauvaises, et jamais les agriculteurs n'avaient été autant empêchés de planter. Près de cinq millions d'hectares sont devenus des surfaces de maïs « fantômes ». La situation des fleuves est tout aussi alarmante. Le débit du Colorado a de nouveau connu un plus bas historique l'an dernier, conséquence directe de la sécheresse. Deux barrages ont totalement interrompu leur production électrique. La fourniture en eau potable de plus de cinquante millions d'Américains est extrêmement précaire. La canicule qui a frappé le nord-est des États-Unis entre août et septembre a duré plus de vingt-cinq jours, avec des pointes de mercure au-delà de 120 °F pendant la journée. Neuf catastrophes naturelles sur dix sont désormais liées au changement climatique. Les inondations, tempêtes et vagues de chaleur ont augmenté de 30 % par rapport au début du siècle et ont occasionné plusieurs centaines de morts et des milliards de dollars de dégâts matériels. Je pourrais continuer cette énumération.

Les dérèglements que nous constatons ne sont pourtant que les prémices de ce qui nous attend. La hausse de la température moyenne a dépassé les un degré et demi par rapport à celle de l'ère préindustrielle. Nous savons désormais que l'objectif de l'accord de Paris ne sera pas atteint. En dépit de tous nos efforts, la probabilité d'une hausse de trois ou quatre degrés d'ici à la fin de ce siècle est élevée. Il est difficile d'en imaginer les impacts. Nous n'aimons généralement pas croire aux scénarios catastrophes, nous les refoulons. Pourtant, tout nous amène à penser que les conséquences du changement climatique seront exponentielles.

Je ne suis pas ici à la tribune de l'ONU et mon propos se limite à la situation de notre pays. Si j'avais à faire un discours sur l'état du monde, son ton serait bien plus dramatique. Bien avant 2100, des terres disparaîtront sous les eaux de la mer, des famines se produiront sur plusieurs continents et conduiront à des émeutes dans les grandes villes, des zones de plus en plus vastes, des régions, voire des pays entiers, deviendront inhabitables pour les communautés humaines. Dans le centre de l'Inde, dans les parties équatoriales de l'Afrique et du Moyen-Orient, sans oublier de mentionner, bien sûr, certaines îles des océans Indien et Pacifique, la chaleur et la montée des eaux pousseront les habitants à fuir pour ne pas mourir. Nous assistons déjà aux prémices de ces catastrophes. Cela ne sera pas sans effets pour l'Amérique. Les migrations deviendront incontrôlables. Le climat n'est plus seulement un défi économique, c'est un enjeu de sécurité nationale.

Faire ce constat est indispensable, toutefois ce n'est qu'une première étape. Il nous extrait de la pesanteur du déni, mais ne suffit pas à imaginer une solution pour l'avenir. Pour cela, nous avons d'abord besoin de comprendre et d'évaluer, sans faux-semblant, sans a priori politico-idéologique, les routes qui ont été suivies ces vingt dernières années et qui ont manifestement échoué. Alors seulement, nous serons en mesure de nous engager dans une voie radicalement différente. Une disruption majeure de la politique des États-Unis est nécessaire, ce sera un choix contraignant et difficile, qui engagera plusieurs générations.

Mon devoir est de vous démontrer que, aujourd'hui, il n'y a plus d'autres solutions.

Soyons clairs, nous sommes face à un lourd constat d'échec. Nous avons perdu la maîtrise de notre destin.

La stratégie de lutte contre le changement climatique, celle qui a été promue de façon constante par les conventions des Nations unies – depuis la conférence de Rio à la fin du XXe siècle jusqu'aux dernières conférences sur le climat, dont les numéros s'égrènent comme une preuve de nos impuissances –, s'appuyait sur un plan relativement simple. Permettez-moi de le synthétiser de la façon suivante : d'abord, notre modèle productif doit s'adapter afin de préserver une croissance vigoureuse, mais décarbonée, c'est le mythe éculé du développement durable ; ensuite, pour réussir cette transformation, la technologie est la clé de l'équation, le catalyseur qui apportera la majeure partie de la solution ; enfin, la coopération et la solidarité internationales seront là pour empêcher les phénomènes de passagers clandestins, pour partager équitablement les efforts, réduire les inégalités inévitables entre les pays et les territoires, que ces inégalités soient naturelles, géographiques ou le fruit de l'Histoire. C'était un plan de bon sens. Compter sur les différentes facettes du génie humain pour corriger ses propres dégâts. Faire du poison l'antidote. Notre capacité à inventer, à innover, à dépasser nos limites. Notre talent pour nous organiser collectivement, pour faire société. Notre altruisme, enfin. D'ailleurs, il serait faux de prétendre que cette stratégie n'avait pas obtenu de résultats. Aujourd'hui encore, elle reste pertinente, au moins en apparence. Chacun de ces trois piliers – économique, technologique et sociologique –, est néanmoins chancelant. Notre modèle économique s'adapte plus qu'il ne change en profondeur, la technologie est une fuite en avant qui apporte autant de problèmes nouveaux que de solutions. Quant à la coopération internationale, elle s'est fracassée contre le mur de la réalité. Admettons-le, la somme de nos égoïsmes dépasse infiniment le gisement d'amour et de générosité de l'humanité.

Je voudrais revenir en détail sur ces trois sujets, parce que l'analyse de l'échec est le point de départ de la voie inédite que je veux vous proposer.

Commençons par notre modèle économique.

Notre économie a réussi un tournant fondamental ces dix dernières années. Nous avons entamé un découplage entre le développement économique et les émissions de gaz à effet de serre. Notre croissance économique est devenue plus sobre et moins carbonée. En moyenne, le PIB des États-Unis a progressé de 2,5 % par an depuis 2020, alors que sur la même période nos émissions de gaz carbonique ont été réduites de 10 %. La combinaison de notre volonté collective, d'une renonciation courageuse à des acquis que l'on croyait à jamais liés au mode de vie américain, d'une réglementation fortement incitative, aussi bien au niveau fédéral que dans la plupart des États que vous représentez, mais surtout de la formidable capacité d'innovation et d'anticipation de nos entrepreneurs, a créé les conditions uniques pour bâtir la plus grande et la plus puissante économie verte de la planète. Nous avons bénéficié des prodigieuses synergies qui existent, presque naturellement, entre la révolution digitale, celle de la biotechnologie et la transition écologique. Permettez-moi un moment de lyrisme, chers compatriotes. Le monde nouveau se dessine sous nos yeux. Non seulement le futur de notre économie, le futur de notre pays, mais également celui d'une société humaine radicalement renouvelée. Je ne parle pas uniquement ici des premiers résultats si prometteurs des recherches sur le transhumanisme. Au-delà des transformations matérielles de nos corps, au-delà du transfert à des robots des tâches simples et répétitives qui nous aliènent depuis des millénaires, c'est à une métamorphose sociétale et politique que nous œuvrons. C'est notre façon de nous associer, de développer des projets, de nous conduire entre humains, finalement, c'est notre façon de faire société qui est bouleversée.

Mesdames et messieurs les membres du Congrès, ouvrez les yeux, ne considérez pas vos propres vies comme les modèles de notre monde. Que vous le vouliez ou pas, le monde change. J'ai vérifié avant de venir m'exprimer devant vous, la moyenne d'âge de cette assemblée est équivalente au mien : environ cinquante-sept ans. Nous nous sentons encore jeunes, dans la force de l'âge, nous avons patiemment attendu notre heure pour conquérir le pouvoir. Notre espérance de vie est encore longue, et je vous souhaite d'en profiter auprès des vôtres et en bonne santé, mais, soyons lucides, au rythme de transformation de la planète et de nos sociétés, nous sommes des dinosaures.

Ce qui me frappe le plus lorsque je regarde la décennie qui vient de s'écouler, ce dont nous, Américains, pouvons être le plus fiers, c'est d'avoir opéré des modifications comportementales profondes. Notre légendaire mode de vie – cette éternelle recherche du bonheur, ce droit quasi constitutionnel, ce moteur du progrès que des générations d'écrivains et de cinéastes ont magnifié –, ce mode de vie s'est renouvelé, il s'est dépouillé progressivement de ses excès, il a mué pour intégrer les limites de notre environnement. Le Président Bush affirmait que ce mode de vie n'était pas négociable. Il avait raison. Nous n'avons négocié avec personne, nous ne nous sommes couchés devant aucun diktat, nous n'avons rien cédé de notre liberté, c'est de notre propre volonté que nous avons réussi cette mutation. Je ne suis pas naïf, je sais le chemin qui reste à parcourir, mais cette transformation s'est avérée beaucoup plus rapide, plus sincère et durable que tous les adversaires de notre Nation ne l'avaient anticipé. Le régime alimentaire moyen des Américains s'est modifié de façon substantielle. La consommation de viande rouge par habitant a chuté de 15 % depuis 2020. Les produits issus de l'agriculture organique ont doublé leur part de marché sur la même période, ce qui a conduit à une accélération du changement d'usage des terres agricoles, notamment dans le Midwest. Pour la première fois, l'an dernier, les États-Unis sont devenus exportateurs nets de produits alimentaires bio. Le taux de recyclage des déchets domestiques atteint pratiquement 80 % dans les vingt plus grandes villes des États-Unis. Nos modes de déplacement changent également. Les jeunes générations d'Américains ne vouent plus un culte immodéré à la voiture. Souvenez-vous, il y a dix ans déjà, le dernier épisode de *Fast and Furious* a été un échec retentissant. Nous sommes entrés dans une ère plus calme, plus lente, plus respectueuse de la biodiversité. La recherche du bonheur n'a pas disparu de notre horizon, elle reste ancrée dans l'âme de ce pays, mais pour nos enfants elle se mesure moins en dollars, en accumulation matérielle, en milliers de kilomètres parcourus en avion et davantage en temps partagé avec d'autres, en années de vie en bonne santé, en connexion avec la nature.

En fin d'année dernière, j'ai assisté à la fermeture de l'ultime unité de production d'électricité à base de charbon des États-Unis. L'ère de cette énergie polluante est définitivement derrière nous. Les énergies renouvelables représentent plus de 40 % de notre production électrique. L'extraordinaire amélioration de l'efficacité dans le domaine de l'énergie solaire nous permettra de dépasser le chiffre de 50 % avant la fin de mon mandat. La mutation de l'industrie automobile s'est accélérée à un rythme que peu d'observateurs anticipaient il y a à peine dix ans. Les véhicules électriques ont représenté près des trois quarts des ventes aux États-Unis l'année dernière. Je pourrais continuer à égrener ces révolutions qui bouleversent tout autant notre économie que notre quotidien. Vous les connaissez, mes chers compatriotes, vous les expérimentez, vous en êtes à l'initiative.

Ces évolutions ne se sont pas faites sans douleur, sans sacrifice, ni par la seule combinaison des volontés individuelles. La bonne société exige une forme de contrainte. La liberté se conquiert généralement par les armes et se maintient par l'autorité. Il en sera certainement de même désormais de la liberté de vivre dans un monde soutenable. Si nous pouvons nous satisfaire aujourd'hui de ces résultats, c'est parce que nous avons su prendre des décisions fortes lorsque cela nous a paru nécessaire. La création d'une taxe carbone s'appliquant à toutes les activités émettrices à partir de 2025 a eu des conséquences sur de nombreux secteurs de l'économie. Il y eut des gagnants et des perdants. Souvenez-vous, dans les années 2020, notre regard se portait vers les zones durement frappées par l'arrêt progressif de l'extraction charbonnière. Aujourd'hui, ce sont des pans entiers de nos vieilles industries qui souffrent. La faillite retentissante d'American Airlines, l'an dernier, est un symptôme de cette entrée dans une économie post-carbone. Je sais les difficultés que cela entraîne pour des milliers de familles. La transition crée son lot d'injustices et nous n'avons pas su les corriger à la hauteur de ce qui aurait été souhaitable.

Mais il y a pire que l'injustice, c'est l'injustice inutile. Or il est à craindre que cette mutation économique, ce virage à cent-quatre-vingts degrés de notre modèle de production, ne soit qu'un leurre, une simple diversion. Le commerce mondial continue de s'amplifier, les émissions globales peinent à se stabiliser au niveau du début de la décennie, la croissance reste massivement dépendante de matières premières qui proviennent de l'extraction minière. Si j'ai voulu insister sur nos succès, c'est pour montrer à quel point les efforts impressionnants auxquels nous venons de consentir ne sont qu'une goutte d'eau par rapport à ce qu'il serait nécessaire d'accomplir. Nous sommes au pied d'une falaise et nous avons tout juste ouvert une voie. Le sommet apparaît lointain, là-haut, très haut, dans le brouillard.

En relisant ce discours ce matin, un paradoxe m'a frappé. Comment expliquer la déconnexion entre un constat climatique quasi apocalyptique et la poursuite d'une croissance économique à un rythme qui ne montre guère de signe de ralentissement ? Comment pouvons-nous être de plus en plus prospères dans un monde qui s'effondre ? Cette contradiction apparente justifie la paralysie des politiques publiques et des décisions d'investissement des entreprises depuis trois décennies. Il nous conduit à l'inaction, à la préservation coûte que coûte de notre modèle économique, au prolongement du *business as usual.* La réalité est que le capitalisme, les marchés financiers, la soif d'innovation et de création de richesses résistent encore au changement climatique. Le système fait preuve d'une incroyable résilience. La destruction créatrice schumpétérienne s'accommode de la crise climatique, en détruisant encore plus pour innover davantage. On peut dire du capitalisme ce que Galilée disait de la Terre, et pourtant, il tourne. Ce paradoxe n'est évidemment qu'apparent. Pas plus que la croissance du PIB n'est une mesure pertinente de notre niveau de bonheur, la santé du capitalisme et des marchés n'est un indicateur de l'état de nos sociétés. Notre thermomètre économique est totalement détraqué.

Je vais être franc avec vous. Je n'ai jamais cru à la décroissance. En revanche, j'ai cru que la technologie serait un rempart suffisant à la destruction qui nous menace. J'ai été de ceux qui critiquaient l'écologie punitive de la première partie de ce siècle, ces mesures contraignantes, bêtes et méchantes, ces tentations castratrices qui bridaient notre liberté de nous déplacer, de nous nourrir à notre guise, de consommer sans limites, qui entravaient notre liberté de vivre et de poursuivre indéfiniment nos rêves. J'étais profondément confiant dans la capacité de nos chercheurs – ces hommes et ces femmes qui ont dévoilé les secrets de la matière, ont dompté les mystères de l'infiniment grand comme du petit, ont inventé des machines extraordinaires qui nous transportent dans les étoiles et dans le fond des océans –, j'étais confiant dans leur aptitude à dénouer les fils de ce problème et de faire jaillir une nouvelle ère de lumière. En quoi ce défi était-il différent ? Pourquoi ne serait-il pas à leur portée ? J'avais foi en l'incroyable puissance de l'intelligence humaine.

Je n'ai pas honte de ce qu'on pourrait prendre aujourd'hui pour de la naïveté. Cette espérance était rationnelle. La technologie reste malgré tout notre meilleure alliée. L'essor des énergies renouvelables et du stockage de l'énergie, les véhicules autonomes, le déploiement de réseaux électriques intelligents, la création de matériaux plus propres, plus légers, plus recyclables, les alternatives organiques aux matières plastiques, les biotechnologies, les carburants de synthèse, la viande fabriquée in vitro et les nano-aliments, les multiples applications de l'intelligence artificielle et de l'apprentissage par les machines, les robots ouvriers, l'impression en trois dimensions. L'innovation n'a jamais été aussi foisonnante. Ces procédés rendent possible une économie sobre et neutre en carbone. En ce sens, l'intelligence humaine a bien trouvé une échappatoire.

Mais soyons honnêtes, ce que nous désirions, moi et beaucoup d'autres, portait une ambition d'une plus grande ampleur. Ce n'était rien d'autre que la persistance du rêve prométhéen, dont l'anthropocène devait être un aboutissement. Nous voulions continuer notre chemin vers le progrès, plus haut, plus loin, plus fort, sans être détournés par une contrainte extérieure de la trajectoire euphorique de l'homme de l'ère industrielle. Extraire le pétrole jusqu'à la dernière goutte, tel était notre projet. *Business as usual.* De nombreuses techniques permettant de poursuivre l'utilisation des énergies fossiles se montraient prometteuses. Le stockage du carbone en sortie des centrales à charbon est opérationnel depuis longtemps, même s'il reste coûteux. Des géo-ingénieurs débordant de créativité ont imaginé des solutions plus complexes, plus folles, disaient nos détracteurs, telles que l'absorption directe du gaz carbonique dans l'atmosphère grâce à un aspirateur à CO_2, la construction d'un vaste parapluie de plusieurs milliards de panneaux de réverbération solaire en orbite géostationnaire, le largage dans la haute atmosphère de particules permettant de contrôler le rayonnement de notre étoile, le déversement de grandes quantités de sulfate de fer dans les océans afin de développer la croissance du plancton.

Bien qu'elles aient contenu en elles les germes d'autres dangers, en dépit des controverses éthiques profondes qu'elles ont soulevées, ces solutions me paraissaient à notre portée. Au fond, je suis un incorrigible optimiste. Je n'ai pas abandonné l'espoir qu'une miraculeuse rupture technologique nous sauve, et tant mieux si certains ici même y perçoivent encore la possible manifestation de la grâce divine. Quelle forme la manne céleste prendra-t-elle ? Dieu seul le sait. Malheureusement, je ne suis que le président des États-Unis d'Amérique, pas le grand prêtre d'une religion révélée, et encore moins le gourou d'une secte millénariste. Mon devoir est d'évaluer les risques en m'appuyant sur les connaissances scientifiques actuelles et les anticipations raisonnables. À cette aune, le verdict est implacable. La course contre la montre que nous menons face à la vague de chaleur qui nous submerge est en passe d'être perdue.

Ces paroles vous sont familières, je le sais. Vous pensez certainement que c'est juste un mauvais moment à passer avant de reprendre vos activités normales. Ce week-end, je lisais une anthologie critique des discours des dirigeants de la planète depuis trente ans sur la question climatique. Un travail académique remarquable, réalisé par une équipe de la Harvard Kennedy School. Plus de mille pages d'allocutions publiques prononcées par plusieurs centaines de femmes et d'hommes politiques. Une litanie de mensonges, de fausses confessions, de promesses faites la main sur le cœur. J'aime particulièrement cette phrase d'un Président français à l'aube du millénaire : « Notre maison brûle et nous regardons ailleurs. » Trente années de regards de côté, d'hypocrisie, de cynisme sans borne. À force de crier au loup sans prendre la menace au sérieux, les politiciens de tous les continents ont répété l'erreur tragique du garçon de la fable d'Ésope. Ils ont anesthésié les opinions publiques. Au moment où le dérèglement du climat devenait une évidence, plus personne ne prêtait attention à leurs discours.

La semaine dernière, j'ai visité le centre de recherche Goddard de la Nasa, à Greenbelt. Symboliquement, j'avais souhaité y réunir le Conseil scientifique pour le climat, dont je me suis entouré dès mon arrivée à la Maison-Blanche. Les chercheurs qui composent ce Conseil ne sont pas des scientifiques politisés comme nous avons pu en connaître dans nombre d'organisations internationales que nous avons fort justement quittées. Leur seul guide est l'intérêt supérieur de la Nation. Vous le savez, mesdames et messieurs, ils ont prêté serment devant le Congrès. Leur conclusion est sans appel. Il n'y a plus d'espace pour le moindre doute. Si les émissions de gaz à effet de serre ne cessent pas immédiatement, la survie de notre société est directement compromise, non pas à la fin du siècle comme nous l'imaginions, mais dans les deux prochaines décennies. Aucun des éminents savants qui se trouvaient autour de cette table n'a évoqué un remède technologique. Quand j'ai mentionné cette hypothèse, l'un d'eux m'a répondu : « Monsieur le Président, nous ne sommes pas dans un jeu télévisé ou dans la chasse au trésor d'une kermesse de fin d'année d'école primaire, cherchez si vous voulez, mais agissez maintenant comme si vos recherches ne menaient nulle part. »

Reste le troisième volet de cette stratégie de lutte contre le changement climatique, celui qui aura été sans doute le plus médiatisé et le plus débattu : l'action concertée de tous les États de la planète. Sur ce sujet, vous savez déjà ce que je pense, les huit années précédant mon élection ont été perdues. En ce jour particulier qui doit nous rassembler et nous unir, je ne veux pas critiquer celle qui a occupé cette fonction avant moi. Je l'ai suffisamment fait pendant la campagne électorale, quelquefois avec des mots très durs. Elle fait partie de la lignée des présidents des États-Unis depuis notre Déclaration d'indépendance. Nous sommes désormais liés par cette destinée. Ce qu'elle a essayé de faire, je veux croire que c'était avec bonne foi et dans l'unique objectif de servir le peuple américain, menait malheureusement à une impasse. La coopération internationale et le multilatéralisme n'avaient aucune chance de surmonter les invariants de la diplomatie mondiale depuis la création des Nations : le patriotisme, l'égoïsme, le chacun pour soi sans aucun Dieu pour se soucier de tous. Le mensonge a été hissé à un niveau jamais égalé. Plus les engagements pris étaient élevés, plus les dirigeants s'époumonaient dans leurs appels à la responsabilité collective, plus ils œuvraient en coulisse pour faire supporter aux autres le poids des efforts nécessaires. Le Président Trump avait raison. Le chef d'un État n'a qu'un seul devoir : se soucier du bien-être de sa Nation. Tout le reste, c'est de la supercherie. Il se trompait en revanche sur les moyens nécessaires. Il croyait que, en se retranchant à l'intérieur de notre territoire, en préservant les États-Unis d'une ouverture aux produits étrangers par une politique protectionniste, et en construisant des murs pour lutter contre l'immigration, la prospérité serait au rendez-vous. Elle le serait puisqu'elle ne dépendrait alors que du génie du peuple américain. C'était une vision du millénaire précédent, une vision d'avant le changement climatique.

Je veux prendre le temps de revenir sur cette période pour que nos concitoyens comprennent bien le point de non-retour que nous avons atteint. Tout a été tenté afin d'inciter les États de la planète à adopter un comportement collaboratif et altruiste. Certains dirigeants européens employaient même, dans un lyrisme débridé, le mot de « fraternité », cette notion idéaliste empruntée à la devise nationale de la France. Tout a été mis en œuvre, je le répète, et les États-Unis ont joué un rôle majeur dans ce processus. Aucun État, aucun gouvernement, aucun groupe de pression ne peut nous taxer d'être cyniques. Le gouvernement fédéral, sous l'impulsion du Président Biden puis de Madame la Présidente, a agi pendant douze ans dans le souci de l'intérêt général de l'humanité. Dès son arrivée, le Président Biden avait décidé de réintégrer les accords de Paris. À ce moment précis, il était pourtant facile de faire le constat que ce ramassis de bons sentiments était un échec. Les objectifs annoncés de façon volontaire par chacun des pays signataires n'étaient pas atteints. Le retrait des États-Unis avait été le prétexte utilisé par de nombreux pays pour ne pas respecter les engagements pris. Un motif fallacieux, un moyen de masquer l'inconstance et l'absence de volonté réelle de la majorité des pays de réduire effectivement leurs émissions. La trajectoire de rejet de CO_2 et d'autres gaz à effet de serre dans l'atmosphère avait poursuivi sa tendance sans aucune inflexion notable. Moins de dix ans après son adoption dans l'allégresse, cet accord était réduit à l'état de vœux pieux. Chaque année, les COP, les conférences internationales, progressivement vidées de leurs espoirs si ce n'est de leur substance, poursuivaient leur déplacement touristique, accouchant plus ou moins dans la douleur de communiqués officiels, à la fois alarmistes dans les constats et creux dans les résultats. Charm-el-Cheikh, Santiago du Chili, Londres, Nairobi, Tokyo, Moscou, Le Cap, New York, Istanbul, Shanghai. J'en oublie. Chaque fois, la même débauche d'énergie, les mêmes discours enflammés, la même pression de la société civile, les mêmes recherches de consensus au milieu de la nuit entre des équipes de diplomates épuisées.

Nous sommes pourtant revenus dans le jeu. Malgré le constat d'échec, malgré la dérive évidente d'un processus ultrabureaucratique, malgré l'absence manifeste d'esprit de collaboration entre les États, nous avons fait le choix de peser de tout notre poids, de toute notre puissance. Ces douze dernières années, les États-Unis ont essayé de sauver l'accord de Paris. Qui d'autre pouvait le faire ? Le régime autocratique chinois n'avait la confiance de personne. Les grands pays émergents géraient avec peine leurs incohérences. Quant à l'Union européenne, elle était paralysée par ses divisions et par les tensions récurrentes avec la Russie depuis la guerre d'Ukraine. Les partis populistes étaient au pouvoir dans plus de la moitié du Vieux Continent. Même la France, le fameux porte-drapeau, la vierge effarouchée de l'écologie, avait fini par se livrer à une coalition hétéroclite comprenant les partis d'extrême droite.

Vous le savez, mes chers compatriotes, je n'ai pas ménagé mes efforts. Aux responsabilités qui étaient les miennes, je n'ai manqué aucune de ces conférences sur le climat. Je peux vous en décrire jusqu'aux moindres anecdotes, des plus drôles aux plus futiles, en passant par les plus tragiques. Cela ne nous aura menés à rien. Ne prenez pas cela pour un discours politique partisan, c'est le constat lucide que vous livre humblement un témoin privilégié, un homme qui s'est retrouvé aux premières loges de ce grand barnum planétaire.

Voilà donc où nous en sommes, mesdames et messieurs les membres du Congrès. La transition inédite de notre économie, les efforts de sobriété sans précédent de nos concitoyens, les miracles de la technologie et les espoirs avortés d'une gouvernance mondiale ne nous auront permis au mieux que de limiter les dégâts et de reculer un peu l'échéance. Mais là n'est pas le plus grave. Nous pourrions malgré tout poursuivre sur cette voie, même étroite, avancer sur ce chemin de crête, accélérer les transformations, ne pas baisser les bras, nous serrer les coudes, innover davantage et continuer d'espérer.

Malheureusement, notre avenir ne dépend plus de notre seule volonté.

Il est vital de réintroduire cette lucidité dans nos analyses et de ne plus nous encombrer de tabous pour imaginer les solutions. C'est cette hygiène de pensée que je voudrais développer devant vous cet après-midi.

Permettez-moi, le temps d'un instant, d'emprunter la terminologie de nos scientifiques. La lutte contre le changement climatique nécessite de réduire la pression que nous, humains, exerçons sur notre écosystème. Or cette pression dépend de quelques paramètres assez faciles à comprendre. On peut la résumer à une combinaison de trois éléments : le nombre d'humains vivants sur cette planète, la quantité de consommation par personne et la quantité d'émissions par unité consommée. Autrement dit, cela pose trois questions : sait-on produire de façon plus efficace et moins émettrice ? Peut-on vivre agréablement en consommant moins ? Doit-on contrôler la démographie, et, donc, les naissances et la durée de la vie ? La première question est de nature technologique, la deuxième de nature économique ou sociétale, je les ai évoquées. La troisième question est généralement balayée d'un revers de main par les bonnes consciences pour des considérations soi-disant éthiques, mais je crois, au contraire, que la maîtrise de la démographie mondiale est une question politique et un enjeu de sécurité nationale pour les États-Unis.

Les chiffres sont têtus. La croissance démographique ne s'est pas ralentie durant la dernière décennie, malgré l'effondrement de certaines vieilles nations. Quelques pays seulement sont responsables de la moitié de cette hausse : en Asie, ce sont l'Inde et le Pakistan, en Afrique, ce sont le Nigeria, le Congo, l'Éthiopie, la Tanzanie et l'Égypte. Dans ces pays, la fécondité reste à un niveau élevé et rien ne laisse entrevoir une évolution suffisamment rapide de cette situation. Celle de l'Afrique est particulièrement préoccupante. À la fin de l'année dernière, la population y dépassait les 2,5 milliards d'habitants, dont près d'un milliard pour la seule zone de l'Afrique subsaharienne. On prévoit qu'avant la fin du siècle quatre milliards d'êtres humains vivront sur ce continent. Non seulement ces pays ne maîtrisent pas la croissance de leur population, mais ils ne parviennent plus à lui offrir les moyens de vivre correctement. Ces six dernières années, les quarante-sept pays les moins développés dans le monde sont ceux où la population a augmenté le plus rapidement. La conséquence est un cercle vicieux terrible. La pression accrue sur les ressources mondiales déjà saturées accentue la grande pauvreté de ces contrées, et celle-ci empêche la progression du niveau éducatif, qui, nous le savons, est un déterminant essentiel du taux de natalité. Je vais le traduire de façon un peu triviale : plus ces gens sont pauvres, plus ils font d'enfants, et plus ils font d'enfants, plus ils sont pauvres.

Cette explosion démographique incontrôlée fait peser un risque existentiel sur l'espèce humaine, en raison de ses effets sur le climat, par la pression qu'elle engendre sur l'utilisation des sols, par l'accélération de la déforestation et de l'effondrement de la biodiversité. Elle favorise également des déplacements massifs de population vers des pays plus riches, vers l'Europe ou vers les États-Unis. Elle menace directement nos intérêts vitaux.

Cet emballement est aggravé par un cynisme d'État qui atteint son paroxysme dans la plupart de ces pays. Bien que certaines parties de leurs territoires soient devenues ou soient en passe de devenir quasi inhabitables pour les humains, les efforts de réductions des émissions sont connus pour y être faibles. Le déni de réalité de la population comme des classes dirigeantes y est parfois pire que celui que nous avons connu nous-mêmes il y a quinze ou vingt ans. C'est notoirement le cas en Asie, notamment dans le bassin indien, dans le nord de l'Amérique latine et dans les pays d'Amérique centrale. Paradoxalement, ni la hausse exponentielle de la population ni les impacts négatifs du changement climatique n'ont eu pour effet de freiner la croissance économique et, par conséquent, celle des émissions de CO_2. Ignorant la pauvreté de la majorité de leurs semblables, les classes moyennes de ces pays s'enrichissent sans vergogne et succombent au fléau de la consommation de biens inutiles, importés et à bas prix. Leurs gouvernements corrompus demeurent obsédés par la croissance, ils tentent d'adapter au pas de charge leurs infrastructures, en construisant des routes, des réseaux électriques, des ports et des aéroports. Mais ce développement s'opère de façon déraisonnée, favorisant, dans l'urgence, les énergies, les moyens de production et les ressources extractives les plus polluantes. En Afrique, la régulation sur les questions écologiques reste embryonnaire, en dépit de tous les efforts déployés par les banques bilatérales et multilatérales de développement. L'assainissement de l'eau est insuffisant dans deux tiers des grandes villes du continent. La majeure partie de la pollution plastique des océans provient de l'Afrique et d'une partie de l'Asie, déchets de la civilisation charriés par des fleuves en perdition. Enfin et surtout, aucun effort réel d'adaptation n'a été entrepris.

Acculés financièrement, soumis à des conflits internes de plus en plus violents, les dirigeants des pays du Sud utilisent désormais sans hésitation leur situation de fragilité pour faire pression sur les États-Unis et sur l'Occident. Ainsi, ces dernières années, une dizaine de pays ont nationalisé leurs mines de métaux et de terres rares, c'est notamment le cas du Chili, de la Bolivie ou du Mali. Non seulement le prix de ces matières premières explose, mais l'accès à ces ressources exige que nous déployions de plus en plus d'efforts diplomatiques et que nous acceptions des contreparties. Des coalitions de pays producteurs, plus ou moins officielles, agissent pour contrôler les marchés mondiaux comme le faisait jadis l'Opep pour le pétrole. Si ces comportements sont compréhensibles dans le cadre d'une économie capitaliste, d'autres le sont moins. La République démocratique du Congo a mis en œuvre un véritable chantage climatique en menaçant de tripler le rythme de la déforestation sur son territoire si les pays riches ne lui versaient pas une compensation, sonnante et trébuchante, autrement dit une rançon. L'Indonésie s'apprête à faire de même, bien que son pouvoir de nuisance soit plus faible compte tenu de la destruction massive des forêts primaires depuis des décennies au profit des plantations de palmiers à huile. Ce n'est là sans doute que le début de ce grand marchandage. Demain, ce sera la Tanzanie ou le Kenya qui exigera un prix pour chaque éléphant arraché au braconnage, l'Australie qui fera payer *cash* la protection de ce qui reste de la Grande Barrière de corail, et l'Inde qui réclamera des sommes colossales pour fermer ses centrales à charbon.

Pour justifier ces politiques iniques, les pays du Sud évoquent la responsabilité historique de ceux du Nord. En jouant sur la corde sensible, ils espèrent convaincre les jeunes générations de l'Occident, au sein desquelles la culpabilisation trouve un écho favorable, notamment dans le mouvement écologiste radical et ses dérivés woke et écoféministes, unis dans la détestation du mâle blanc. Cette faiblesse a bien failli nous entraîner dans une spirale funeste, celle qui consiste à regarder vers le passé alors que sauver la planète exige, au contraire, de comprendre les dynamiques socio-démograpiques et politiques qui sont aujourd'hui en place afin de mieux préparer le futur. S'acharner méthodiquement contre les coupables du passé et vouloir leur faire payer la facture conduit à tolérer que de nouveaux coupables surgissent, bien plus grands, bien plus forts, bien plus nuisibles, et sur lesquels surtout nous, Américains, n'avons plus le moindre contrôle.

Nous devons prendre conscience que la stratégie des pays émergents va changer. Il ne s'agira plus de négocier une manne de 100 milliards de dollars par an, leitmotiv des pays émergents depuis la COP de Copenhague. Les dirigeants des pays du Sud ont compris qu'ils détenaient des armes de destruction massive, ils ont compris que la dissuasion et le chantage étaient bien plus efficaces que la bonne vieille diplomatie. Maintenant, ils nous menacent. Ils prétendent qu'ils n'ont rien à perdre. Ils n'ont peut-être pas tort.

Mes chers compatriotes, il est temps de dépasser notre culpabilité et de nous soucier de l'avenir de notre Nation et de ses enfants.

Longtemps, nous avons été considérés comme les principaux responsables de la crise climatique. Notre mode de vie a été critiqué. La formidable aventure de la quête de l'énergie dans laquelle se sont illustrés tant d'Américains, cette Amérique d'Edison et de Rockefeller, a été mise au ban de l'Histoire. Les pays émergents, les nouveaux pays industriels, tous ceux qui ont rejoint plus tardivement le chemin de la prospérité nous ont tendu la facture. À les croire, nous aurions une dette environnementale presque infinie. Selon le principe qui veut que le pollueur soit le payeur, nous avons été pressés de financer la transition des pays les moins avancés, ceux-ci exigeant des transferts massifs afin de compenser les efforts qu'ils devaient fournir. Les pays producteurs de pétrole ont demandé une indemnisation pour ralentir les extractions d'énergies fossiles. Les pays disposant des plus grandes surfaces forestières ont monnayé leur politique de conservation.

L'erreur que nous avons commise dans le passé fut de combattre ces accusations en remettant en cause le changement climatique lui-même, puis de douter de l'origine humaine de ce phénomène lorsque celui-ci est devenu incontestable. Trop longtemps, des dirigeants de notre pays se sont enfermés dans une dénégation, une surdité coupable face aux évidences scientifiques. Il y a moins de quinze ans, le président des États-Unis était encore ce que l'on désignait par le terme de climatosceptique et qu'il faut avoir le courage de nommer, proprement, un climatonégationniste. Je sais qu'il demeure parmi vous une infime minorité d'élus qui entendront ces mots comme une provocation, je veux leur dire qu'il est temps de rejoindre la communauté du bon sens. Ce négationnisme climatique a fait beaucoup de mal à notre Nation. Faire la politique de l'autruche n'a jamais été une preuve de grandeur des décideurs. Ceux qui ont diffusé ces thèses, ceux qui ont financé une fausse science destinée à contredire les conclusions de la communauté des chercheurs, ceux-là ont fait preuve d'un cynisme dont nous payons chèrement le prix. Beaucoup d'entreprises, trop de leaders économiques ont joué ce jeu dangereux, cherchant à profiter jusqu'à l'excès de rentes injustifiables. Nous ne devrions jamais tourner le dos à la science. La connaissance sincère de ce que nous pouvons comprendre des mystères de la création est l'un des piliers de la construction des États-Unis. C'est le complément indispensable de notre croyance en Dieu.

Je vous le dis avec force et conviction : le temps de la lucidité est venu. Notre tendance à la culpabilité doit cesser. Ce que je vous propose aujourd'hui, c'est d'entrer dans une nouvelle phase des relations internationales au service du climat.

À la fin du siècle dernier, le protocole de Kyoto avait entériné la responsabilité des pays développés. Les objectifs de réduction des émissions ne concernaient que les coupables historiques de la crise climatique, les gagnants de l'ère industrielle, les grands pollueurs que nous étions. Les pays en développement étaient vierges de tout péché. Ce fut un échec retentissant. Dans l'Histoire, ceux qui ont essayé de faire payer à d'autres les erreurs passées ont toujours conduit le monde à en commettre de pires, voire au chaos. Souvenez-vous du traité de Versailles, qui a mené l'Europe à la Seconde Guerre mondiale, ou de la gestion catastrophique de la fin de l'Union soviétique, qui s'est terminée dans le sang en Géorgie et en Ukraine. L'amnistie est la seule façon raisonnable de gérer les relations internationales. Seul l'avenir crée une potentialité, seul l'avenir laisse la place à une possible coopération, la réparation n'entraîne que du ressentiment et de la haine.

Je suis déterminé à entamer avec vous, peuple américain, une ère de la vraie responsabilité. Nous sommes comptables de notre futur, pas de notre passé. Cessons de céder à la théorie de la repentance. Nos actes seront jugés par Dieu, et Dieu ne nous tiendra pas rigueur des actions de nos parents et de nos grands-parents. Ce n'est pas le rôle des individus, fussent-ils réunis dans de pompeuses instances internationales, de proclamer des sentences. Regardons vers l'avenir.

En 2016, lors de son dernier discours devant le Congrès, le Président Obama avait exhorté notre Nation à prendre ses responsabilités universelles et à se porter à la tête du combat contre le dérèglement du climat. Il avait raison. Dans notre Histoire, nous avons su prendre nos responsabilités lorsque la liberté était menacée, en Europe, en Asie, au Moyen-Orient. Nous avons toujours respecté nos engagements vis-à-vis de nos alliés. Nos soldats se sont sacrifiés avec bravoure sur des théâtres d'opérations bien loin de nos frontières, pour la défense de la liberté. Je ne remets pas en cause le rôle universel de notre Nation. Nous sommes un pays riche, nous disposons de moyens militaires et technologiques, cela nous donne une nouvelle forme de responsabilité. Non plus celle de payer le tribut de nos errements, mais celle de bâtir les conditions d'une société humaine désirable. Tout doit être fait pour conduire les peuples de la planète à adapter leur mode de vie afin que l'humanité perdure et que l'Amérique reste l'Amérique.

Regardons la réalité en face. Aucune force étrangère ne nous attaque, pourtant, nous, Américains, nous nous sentons sous l'emprise d'une terrible menace, la proie d'un ennemi invisible : le changement climatique. Nous avons le devoir d'utiliser tous les moyens dont nous disposons. Notre domination intellectuelle, économique et militaire n'a jamais été aussi incontestable. Nous pouvons mobiliser les meilleurs cerveaux, les plus grandes universités, l'armée la plus redoutable au monde, nous avons noué des alliances solides avec les grandes forces de la planète qui reconnaissent notre leadership. Je crois que nous avons fini par oublier ou minimiser notre puissance, comme un boxeur qui retient ses coups pour ne pas faire mal à son adversaire. Un ancien secrétaire général des Nations unies de la fin du XXe siècle déclarait à la fin de son mandat : « Il m'a fallu du temps avant que je réalise pleinement que les États-Unis ont peu besoin de diplomatie ; le pouvoir suffit. Seuls les faibles comptent sur la diplomatie. L'Empire romain n'avait pas besoin de diplomatie. Les États-Unis non plus. »

Mesdames et messieurs les membres du Congrès, j'ai bien conscience que ce que j'ai à vous dire aujourd'hui dépasse de loin l'état de l'Union. Le plan que je vous propose est celui de la dernière chance. Si nous n'agissons pas de façon rapide, énergique et déterminée, notre civilisation, notre Nation sont destinées à s'éteindre. Cela prendra encore quelques années, peut-être une ou deux décennies, mais l'issue est certaine. Les Américains devront supporter toujours plus de privations et de dangers, en même temps qu'ils feront face à la plus grande vague migratoire de tous les temps. Agir dans la seule limite de nos frontières ne servirait à rien, s'acharner à croire que nous réussirons à convaincre tous les États de la planète par la diplomatie et les institutions multilatérales serait une folie.

C'est pour éviter cette tragédie que je veux tracer, avec vous, une perspective nouvelle, dont je mesure pleinement les risques. J'y ai longuement réfléchi. J'ai consulté les personnalités les plus éminentes, les hautes autorités civiles et militaires, les grandes consciences philosophiques et religieuses, les dirigeants politiques de nos principaux alliés. J'ai acquis la conviction qu'une seule solution s'offre désormais à nous. Nous devons passer à l'action et lancer la plus grande opération militaire de tous les temps, utiliser notre puissance pour imposer les changements indispensables à l'échelle mondiale. Nous en avons les moyens. Les moyens opérationnels bien sûr, bien que cet effort de guerre nécessite de mobiliser nos outils de production en faveur de nos armées à une échelle qui sera sans précédent dans l'Histoire. Les moyens humains sans aucun doute également. La force de notre Nation est intacte, sa conviction dans sa mission et sa confiance en Dieu restent nos boussoles. Elles nous guideront.

Dans le passé, les nations européennes civilisées, imprégnées de la sagesse de la religion chrétienne et éclairées par les Lumières de la philosophie, ont su répandre leurs connaissances, leur science et leur croyance en Dieu bien au-delà de leur berceau culturel. La colonisation a été mue par une combinaison fructueuse entre la recherche de prospérité et de croissance, de matières premières et de débouchés économiques, et une confiance profonde dans la civilisation. La ruée vers l'or ne se conçoit pas sans l'évangélisation des peuplades primitives. Avec les grandes découvertes et la colonisation, l'Occident s'est mesuré à l'envergure du monde. Des terres émergées sont apparues aux confins des océans. Soudain, l'avenir des nations s'est inscrit dans une géographie planétaire.

Nous sommes confrontés au même défi que les nations européennes de la Renaissance. Notre soif de progrès et la certitude ancrée au plus profond de nous de la pertinence de nos valeurs doivent nous conduire à entreprendre le même mouvement, de faire le choix historique d'imposer notre pouvoir à de vastes régions du monde. Entendez-moi bien, nous ne sommes plus au temps de la colonisation massive des XVIIIe et XIXe siècles où les dirigeants des royaumes européens croyaient à une supériorité génétique des Blancs occidentaux et justifiaient ainsi l'entreprise de domination de l'Occident. Les citoyens des États-Unis, dans leur diversité éclatante, ont démontré que la qualité des êtres humains ne dépendait ni de leur race ni de leur religion. Le séisme de la civilisation que nous affrontons ne doit pas nous détourner des progrès éthiques que nous avons accomplis. C'est au contraire sur ces piliers de notre mode de vie en communauté, sur la permanence de nos règles constitutionnelles, sur notre foi dans la vie et dans le progrès que nous devons trouver la force et la raison d'agir.

Cette deuxième grande colonisation doit s'appuyer sur notre croyance en Dieu. J'ai été beaucoup critiqué pour mon prétendu athéisme lorsque, pendant la campagne des primaires républicaines, j'ai déclaré que ma définition du bonheur consistait à « faire contre mauvaise fortune, bon cœur ». Je me suis défendu sans me renier. Je suis un croyant pessimiste, mais un vivant optimiste. Comme le déclarait Antonio Gramsci, célèbre communiste italien du début du XXe siècle : « Le pessimisme de la raison n'empêche pas l'optimisme de la volonté. » Aussi éloigné que je sois du communisme, ce credo me convient. Pour moi, le bonheur est peut-être un leurre, mais sa quête est ce qui fait de nous une Nation.

Je vous observe m'écouter silencieusement, mais j'entends déjà le braillement outré de nos belles âmes. Elles me rappelleront bientôt aux valeurs de l'Amérique. Certaines déclameront les phrases les plus admirables de notre Déclaration d'indépendance, d'autres se référeront à nos grands auteurs, à nos artistes, à nos cinéastes épris de concorde et de paix. Ces individus vous diront que le génie de l'Amérique vaut mieux que cette folie va-t-en-guerre, que le sang ne doit plus couler, que la fraternité est le seul dessein qui nous honore. La rhétorique du bien manque souvent d'imagination. Ceux-là, ceux qui brandiront sans vergogne l'étendard vierge de la pureté, sont les hypocrites de notre temps. Leur mémoire est sélective. Ils ne retiennent de l'Histoire que les circonstances héroïques qui les arrangent, et négligent ces tragédies qui ont forgé notre Nation. Notre Histoire est une longue stratification de guerres sanglantes, de victoires payées au prix cher, de trahisons nécessaires. Un grand fleuve qui charrie de la bravoure et du sang. Les comptables du passé ont rangé consciencieusement chacun de ces épisodes à l'actif ou au passif de notre postérité. Je ne souscris pas à ce bilan. Dans notre aventure collective, j'accepte tout. Il n'y avait pas de bons soldats américains sur les plages de Normandie et d'affreux militaires sanguinaires dans les forêts du Vietnam ou dans les sables de l'Irak. Ne tombons pas dans ce piège. Notre force militaire a toujours été le glaive par lequel nous avons défendu et propagé la liberté.

Nos armées interviendront en priorité dans deux zones, l'Afrique de l'Ouest et subsaharienne, afin de reprendre le contrôle démographique, et l'Amérique centrale, pour tarir immédiatement le flux migratoire en direction des États-Unis. Par ailleurs, nous renforcerons notre présence au Moyen-Orient. La production de pétrole doit être maîtrisée. Pour cela, notre armée prendra possession des principaux champs pétrolifères en Arabie saoudite, en Irak et dans les États arabes du golfe Persique où nous piloterons la décroissance de la production. Toutefois, nous ne pouvons agir seuls. Les objectifs à poursuivre sont trop nombreux. De la même manière que les grands royaumes européens se sont partagé le monde aux temps de la première colonisation, de la même façon qu'à Yalta nous avons défini les zones d'influence avec la Russie, nous devons accepter aujourd'hui une répartition intelligente de l'occupation de la planète. En Afrique de l'Est et dans l'océan Indien, notre partenaire chinois aura la priorité. Nous nous coordonnerons avec Pékin pour éviter toute friction ou conflit qui pourrait rapidement dégénérer. Il n'y aura ni bataille de Fachoda ni crise des missiles de Cuba. Par ailleurs, une action menée avec la Russie et le Royaume-Uni aura pour objectif de recoloniser l'Inde et le Pakistan.

Les estimations de notre état-major font état d'une possible réussite de l'opération militaire en quelques mois. En Afrique, nous ne rencontrerons pas de résistance significative, au moins au début. Les armées des pays africains étant quasi inopérantes, elles ne lutteront pas. Nous nous assurerons de la neutralité de l'Afrique du Sud, en contrepartie de son maintien en tant que pays indépendant sous tutelle. En revanche, en Asie, les combats seront inévitablement plus violents, notamment dans l'archipel indonésien et dans la péninsule indochinoise. Des batailles difficiles nous attendent également en Amérique centrale. La présence de l'arme nucléaire en Inde et au Pakistan est évidemment une situation à prendre avec sérieux et prudence, mais la doctrine d'emploi de cette arme a été conçue par ces deux pays dans le cadre d'un conflit indo-pakistanais. Il serait donc suicidaire pour l'un comme pour l'autre d'utiliser cette arme contre les États-Unis ou contre la Chine. De toute façon, le territoire américain est hors de portée de leurs missiles.

Très rapidement, nous installerons des gouverneurs locaux dans les territoires conquis, nous prendrons le contrôle de l'extraction des matières premières indispensables à notre industrie telles que certains métaux, dont l'uranium et les terres rares, nous maîtriserons leur stockage et leur transport, nous fermerons les frontières, nous mettrons en place un moratoire sur les investissements et les constructions d'infrastructures, et nous imposerons une politique de réduction drastique des naissances. Il sera essentiel de nous assurer du soutien ou de la bienveillance des classes dirigeantes. C'est la raison pour laquelle des quotas seront mis en place afin que les élites des pays colonisés puissent venir étudier dans les universités américaines et chinoises, et contribuer ainsi au nouvel ordre mondial que nous allons bâtir. Toutefois, la résistance à notre politique de colonisation ne pourra être totalement évitée, elle se traduira potentiellement par une intensification de l'action terroriste dans les pays colonisés et sur notre propre territoire. Par ailleurs, des poches de résistance pourraient se concentrer dans les pays que nous n'avons pas ciblés dans la phase prioritaire, ce qui nous conduira probablement à élargir le périmètre de nos actions. Il pourrait s'avérer en effet difficile de maintenir des États libres en mitoyenneté directe de nos nouvelles zones de contrôle.

Cette politique de sauvegarde de l'humanité exige également que nous mettions en sommeil, au moins temporairement, les instances multilatérales. En accord avec les autres membres permanents du Conseil de sécurité, à l'exception prévisible de la France, dont les dirigeants croient encore devoir défendre des droits humains fantasmés que le changement climatique rend illusoires, nous suspendrons les activités de l'ONU et de ses agences.

Mes chers compatriotes, mesdames et messieurs les membres du Congrès, je mesure la gravité de mes propos. Il est de ma responsabilité de fixer ce cap. Je le fais avec la conviction, chevillée au corps, d'agir pour le bien, guidé par la foi en Dieu. Je le fais avec la conviction de défendre notre Nation contre le fléau qui la menace, et de préserver ce qui peut encore l'être de notre mode de vie. J'agis avec, en mémoire, l'adresse au Congrès de Franklin D. Roosevelt qui se terminait par cette phrase : « Je demande au Congrès de proclamer que, depuis l'attaque injustifiée et odieuse du Japon le 7 décembre 1941, les États-Unis et l'empire du Japon sont en état de guerre. » Aujourd'hui, je demande au Congrès de proclamer que, compte tenu du danger que ces États font subir à la planète et au peuple américain, les États-Unis et tous les pays au sud du quarantième parallèle, à l'exception de la Chine, sont potentiellement en état de guerre.

Si vous m'en donnez l'autorisation, lors du vote qui sera organisé aujourd'hui même, l'opération, que nous avons baptisée

« Sapiens », démarrera dès demain, à l'aube. La marine des États-Unis est déjà en place dans l'Atlantique, le golfe Persique et les Caraïbes. Je superviserai son déploiement en tant que chef des armées. Je rendrai compte directement à la Nation.

Je voudrais terminer ce discours sur une note plus personnelle. Vous le savez, j'ai, au fond de mon cœur, une souffrance intime, une plaie impossible à cicatriser. Nos vies sont semblables à ces tableaux des peintres pointillistes de la fin du XIXe siècle que j'apprécie tant. Le temps y laisse sa trace, touche par touche. Colorée et lumineuse parfois. Obscure et triste souvent. Les drames sont le mal nécessaire de nos destins, les ombres qui attestent de la présence de la lumière.

Ma fille aînée était une écologiste militante, une âme pure, une vraie battante, mais surtout une incorrigible optimiste. Elle croyait intimement à la rédemption possible des êtres humains, malgré leur culpabilité sans limites. Elle pensait que le salut de notre espèce viendrait d'une prise de conscience de notre proximité avec les autres formes du vivant, les animaux, des insectes aux mammifères, la vie au fond des océans, les arbres des forêts primaires. Elle savait nommer beaucoup de ces espèces. Elle ressentait leurs vibrations. Elle rêvait d'une immense communion, d'une arche de Noé sans déluge. Pendant des années, elle a tenté de me convaincre de l'absurdité de me nourrir de la viande de cadavres, c'est ainsi qu'elle s'exprimait. Je suis devenu végétarien lorsqu'elle nous a quittés, elle ne le saura jamais. Il y a quinze ans, le premier rapport scientifique international sur la biodiversité dressait un terrible constat. La sixième extinction de masse du vivant avait commencé. Plus d'un million d'espèces allait disparaître au cours de ce siècle : batraciens, coraux, poissons, félins... Pour celles qui résisteraient, leur population réduirait drastiquement. Un carnage. Un génocide. Depuis que le tocsin a sonné, les fausses indignations des politiques se sont succédé sans que le rythme de destruction ralentisse. Au moment de la publication du rapport, Emma était stagiaire au Muséum national d'histoire naturelle, à Paris. Elle venait de terminer un master d'écologie après ses études à Harvard. Je me souviens lui avoir rendu visite au printemps. Paris était d'une stupéfiante beauté, baignée dans une douceur trop précoce, annonciatrice de canicule estivale. Nous avons traversé le Jardin des Plantes où les cerisiers du Japon éclataient de couleurs, puis nous avons visité la grande galerie de l'Évolution, vaste fresque du vivant en résine et carton-pâte, tel le musée d'une civilisation perdue ou d'un monde au bord du gouffre. C'est peu après mon retour à New York qu'elle a accepté ce poste de naturaliste au Rwanda. C'est la chance d'une vie, m'avait-elle dit. Il s'agissait d'une mission d'un an pour le compte d'une grande ONG de conservation américaine. L'objectif était de sécuriser une réserve, toute proche de la célèbre forêt du Nyungwe, une zone régulièrement en proie au braconnage. Elle était chargée de dénombrer et de classer les primates qui s'y trouvaient. Seulement trois semaines après son arrivée, elle a été abattue par un chasseur. Les grands singes vont disparaître, le combat de ma fille était donc vain. Les États-Unis d'Amérique ne connaîtront pas ce destin funeste. Nous avons les moyens de nous battre. Nous allons nous battre. Nous allons défendre notre mode de vie, et, si pour cela nous devons conquérir la planète entière, nous le ferons.

Mesdames et messieurs les membres du Congrès des États-Unis, tel est aujourd'hui l'état de l'Union. Que Dieu me vienne en aide.

D'abord assis, les membres du Congrès applaudissent, quelques-uns se lèvent, progressivement rejoints par les autres. La cohésion n'est même plus artificielle, elle s'est muée en un simple instinct grégaire. La salle est comme pétrifiée. Quelle faille du temps venons-nous de traverser, semblent se demander les élus ? Un retour en arrière est-il possible ? Comment réagissent les Américains devant leur poste de télévision ou devant l'écran de leur smartphone ? Et les chancelleries des ambassades ? Les applaudissements ralentissent, chacun paraissant se caler sur le rythme de son voisin. Surtout, ne pas apparaître différent. Faire corps, quel que soit l'abîme vers lequel ce conformisme nous mène. Pas un sénateur, pas un représentant n'a la force ou le courage de protester, de se mettre en travers de la route, de hurler à la face du monde qu'il y a forcément erreur, que l'homme qui est debout, devant eux, à la tribune du Congrès n'est pas leur Président, que les États-Unis sont une nation d'immigrants, pas un peuple de colons. Mais rien. Quelques-uns exultent intérieurement, la majorité est, comme à son habitude, silencieuse, les plus lucides espèrent que tout cela n'est qu'un mauvais rêve, sans y croire vraiment. Tous continuent d'applaudir. De plus en plus mollement, avec une fréquence et une intensité qui se dissolvent peu à peu dans un brouhaha difficile à interpréter. Le Président fait de grands gestes, il sourit, il cherche les caméras, il se retourne pour saluer les journalistes et les représentants des hautes administrations qui le surplombent du balcon. Il pense avoir gagné son pari. L'onde de choc est si puissante qu'elle a produit l'effet de souffle qu'il espérait. C'est le crime politique parfait. Aucune critique ne sera audible, aucune résistance ne sera possible. Quiconque se lèvera contre lui sera un ennemi de l'Amérique.

Destiny s'est levée elle aussi, mais ses mains sont bien calées au fond des poches de son pantalon. Elle est calme. Déterminée. Elle a subi tout le discours en s'imposant une respiration régulière. Ne pas s'accrocher à une pensée. Accepter le flux qui se déverse comme un torrent de boue sur elle et ses collègues. Elle doit se concentrer sur son souffle, se répète-t-elle, prendre conscience de l'air qui entre et qui sort de ses narines, ressentir ses poumons se gonfler et relâcher lentement l'air vicié. Inutile d'écouter chaque mot, elle n'a pas besoin de sentir les phrases pénétrer dans sa chair telle une lame. Elle connaît l'essence du message. Était-elle la seule à savoir ? Ou bien d'autres avaient-ils eu comme elle un avant-goût de ce qu'elle considère comme une haute trahison ? Probablement pas. Elle avait eu de la chance en rencontrant, quelques mois auparavant, Deborah, à la bibliothèque du Congrès. Un coup de foudre. La jeune diplômée de la Kennedy School avait un regard fascinant. Le Président lui-même n'avait pas résisté au mélange détonant de son intelligence et de son culot. Elle était vite devenue incontournable dans le bureau ovale. Il avait répété son discours avec elle, elle lui avait suggéré parfois un mot plus percutant, souligné une phrase sur laquelle il fallait, selon elle, appuyer davantage. L'avait-elle trahi volontairement ? Elle avait à peine distillé quelques mots à Destiny pendant ces moments improbables où l'intimité d'un couple et la grande marche du monde se rejoignent. Dans le cœur de la nuit, même les secrets d'État ne résistent pas. Ils s'évaporent. C'était suffisant. Destiny avait passé ces dernières semaines à utiliser toute la puissance de l'intelligence artificielle pour décoder les intentions du Président. S'ils savaient anticiper des feux de forêt à partir de signaux faibles, ses modèles devraient pouvoir percer les mystères du cerveau d'un homme qui parvenait au bout de son histoire.

Destiny se pensait prête à tout entendre pourtant la conclusion du discours du Président l'avait bouleversée. Comment a-t-il pu évoquer Emma ? Comment a-t-il osé utiliser le souvenir de sa propre fille pour attendrir son public et justifier une guerre ignoble ? Malgré la carapace qu'elle s'est patiemment construite, elle en a le cœur brisé. Elle retient ses larmes. Ses narines sont gonflées. Son visage est douloureux. Elle sait qu'elle doit se reprendre. Heureusement, Destiny n'est pas croyante. Cela lui évite au moins de penser qu'Emma puisse entendre d'un quelconque au-delà ce reniement odieux, venant de son propre père. C'est comme un viol, pense-t-elle. Elles se sont connues à Harvard. Emma se sentait déjà l'âme d'une missionnaire alors que les yeux de Destiny brillaient pendant les séminaires d'entrepreneuriat. Elles étaient comme les deux faces d'une génération. Deux façons de remodeler le monde, de le rendre à la fois plus intelligent et plus sensible. Leurs existences s'étaient entremêlées pendant un temps très court mais avec une telle intensité que l'onde de choc subsistait au-delà des continents et des océans, au-delà de la mort même. Leurs lignes de vie s'étaient croisées, comme des lianes qui s'entortillent puis se séparent. Emma était la pureté absolue. Vers la fin de leurs études, pendant un week-end à New York, Destiny avait accompagné Emma chez un tatoueur du Lower East Side. Elle voulait se faire tatouer une phrase en hébreu, une expression qu'on trouve dans l'Ancien Testament, disait-elle. *Tikkoun*

Olam, réparation du monde. En la mêlant à son projet fou, c'est comme si le Président avait profané la sépulture de sa fille. C'est un sacrilège, se dit Destiny. Pis. Un crime.

Alors que les membres du Congrès sont encore hypnotisés par les mots du Président, Destiny descend une à une les marches de la travée dans laquelle elle était assise et se rapproche du bas de la tribune. Petite et menue, avec son tailleur-pantalon gris anthracite et son chemisier blanc, elle se fond naturellement dans cette assemblée. Personne ne la remarque. Quand les applaudissements cessent, elle n'est plus qu'à quelques mètres du Président. Il descend du pupitre, et, sans le savoir, se rapproche d'elle. Elle connaît parfaitement le chemin qu'il doit emprunter pour quitter l'hémicycle. Elle a visionné tous les discours des précédents présidents. Le protocole est invariable. Il tourne à gauche en bas des marches. Bientôt, il sera happé par la foule de ses conseillers qui l'attendent. Quelques secondes d'isolement. Une minuscule fenêtre pour détourner le cours du fleuve. Elle sort le pistolet de son sac, le pointe dans sa direction, elle tire, le Président s'écroule.

Comment cela s'est-il produit ? Comment est-elle devenue l'ennemie de l'Amérique ? Au fond, cela n'a pas d'importance. Elle pense un instant à Claus von Stauffenberg. Dans tous les gestes héroïques de l'Histoire, la véritable clé, ce sont les hommes et les femmes qui se hissent au-dessus de l'adversité. Le reste n'est qu'anecdote.

REMERCIEMENTS

Merci Nathalie d'être à la fois le témoin de mes angoisses, celle qui m'incite sans cesse à écrire pour m'en libérer et la première lectrice de ce qui en naît.

DU MÊME AUTEUR

Romans

La fumée qui gronde, ArHSens, 2011.

Naufrages, Éditions des Rosiers, 2014.

Les Refus de Grigori Perelman, Pippa Éditions, 2017, mention spéciale du jury au Prix Tangente.

Applaudissez-moi, Pippa Éditions, 2020.

Essais

Investir responsable. En quête de nouvelles valeurs pour la finance, Lignes de repères, 2009.

Pour une finance positive (en collaboration avec Hervé Guez, préface de Jacques Attali), Rue de l'Échiquier, 2015.

La finance verte commence à Paris, Rue de l'Échiquier, 2018.

Finance verte : l'heure de la seconde chance, Éditions de l'Observatoire, 2020.

Cet ouvrage a été imprimé sur du papier issu
de forêts gérées de manière responsable.

Création graphique de couverture : Raphaëlle Faguer
Suivi éditorial : Le Métier des Mots

ISBN : 978-2-49402-901-9

Achevé d'imprimer en France par
Normandie Roto Impression s.a.s.
61250 Lonrai

N° d'impression : 2301598
Dépôt légal : octobre 2022.